Die Sterne, die begehrt man nicht,
Man freut sich ihrer Pracht,
Und mit Entzücken blickt man auf
In jeder heitern Nacht.

Goethe

Jutta Fellner-Pickl

Von Sternenlicht bis Mondgeflüster

Poetisches rund ums Universum

Bibliografische Information der Deutschen Nationalbibliothek: Die Deutsche Nationalbibliothek verzeichnet diese Publikation in der Deutschen Nationalbiografie; detaillierte bibliografische Daten sind im Internet über http://dnb.d-nb.de abrufbar.

Herstellung und Verlag: BoD – Books on Demand
Norderstedt
Illustrationen: Antonia Franke
Umschlaggestaltung & Gestaltung: Gudrun Kohout
Umschlagfoto: Adobe Stock, 219610385
ISBN 9-783-75040-7695

Erstmals erschienen im Claudius Verlag 1994
(vergriffen)

INHALTSVERZEICHNIS

STERNENLICHT

Es war einmal ein Junge, der hatte Sehnsucht nach den Sternen. Aber die Sterne waren weit, und es gab keine Möglichkeit für ihn, jemals dahin zu gelangen. Darüber weinte der Junge, denn auf der Erde wollte er nicht gerne sein. Hier gab es die Nacht, und sie bedrückte ihn mit ihrer Dunkelheit. Wenn er jedoch aus dem Fenster schaute, sah er die Sterne leuchten. Sie trösteten ihn.

Eines Tages lernte der Junge ein Mädchen kennen. Ihre Augen strahlten wie zwei Sterne, und ihr Haar flog im Wind wie die Wolken am Himmel. Das Mädchen lächelte ihn an, und das gefiel ihm sehr.

Sie gingen ein Stück des Weges miteinander. Doch in der Dunkelheit konnte er ihre Augen nicht sehen. Da dachte er wieder an die Sterne, und darüber vergaß er das Mädchen.

In einer regenschweren Nacht überkam ihn die Sehnsucht nach den Sternen besonders stark. Sein Wunsch, dort hinzukommen, wurde immer größer. Doch so sehr er seine Augen auch anstrengte, er konnte die Sterne nicht sehen, nur dunkle Wolken am Himmel.

Plötzlich war es dem Jungen, als sei er nicht mehr allein. Er sah auf und erblickte viele silberne Sterne vor seinem Bett. Ein Sternenmädchen trug sie als Kleid. "Nachdem du nicht zu den Sternen kommen konntest, bin ich zu dir gekommen", sagte es. "Aber mein Stern am Himmel ist kalt und ich friere dort. Vielleicht kannst du mich mit deiner Liebe etwas wärmen.

Der Junge erfasste die Hände des Mädchens, sie waren tatsächlich eiskalt. Er wärmte sie mit seiner Liebe.

"Ich nehme deine Wärme mit zu meinem Stern, dann ist es dort nicht mehr so kalt", sagte das Sternenmädchen, und die silbernen Sterne an seinem Kleid leuchteten. Zum Abschied legte sie dem Jungen einen silbernen Stern auf sein Bett. Der leuchtete noch, als ihn die Dunkelheit wieder einhüllte.

Da war es dem Jungen wieder, als sei er nicht mehr allein. Er sah auf und sah viele goldene Sterne an seinem Bett. Ein zweites Sternenmädchen trug sie als Kleid. "Deine Sehnsucht nach den Sternen war so groß, du hast mich mit deinen Gedanken hergeholt.", sprach das Sternenmädchen. "Aber auf meinem Stern am Himmel ist es sehr heiß. Kannst du mir nicht ein wenig Kühlung geben?"

Die Hände des Sternenmädchens fühlten sich so heiß an wie ein glühender Ofen. Der Junge kühlte sie mit klarem Wasser aus dem Brunnen vor seinem Haus.

"Ich nehme deine Kühle mit zu meinem Stern, dann ist es dort nicht mehr so heiß", sagte das Sternenmädchen, und die goldenen Sterne an seinem Kleid leuchteten. Zum Abschied legte es dem Jungen einen kleinen goldenen Stern an sein Bett. Der leuchtete noch, als die Dunkelheit ihn wieder einhüllte.

Die Regenwolken hatten sich verzogen, und der Junge sah zwei helle Sterne am Himmel leuchten. Er schaute sie lange an, bis sie langsam in der Morgenröte verblassten. Seine Sehnsucht nach den Sternen war nun nicht mehr so groß, denn diese unerreichbaren Welten bargen anscheinend nicht das große Glück und die tröstliche Erfüllung, die er sich erhofft hatte.

Über diese Gedanken schlief er ein, und im Traum sah er wieder das Mädchen mit den strahlenden Augen...

Als der Junge das Mädchen endlich wiederfand, schloss er es in seine Arme. Ihre Hände fühlten sich angenehm kühl an, und ihr Mund war warm und weich. Ihre Augen strahlten wie zwei Sterne, aber nur am Tag.

Der Junge nahm den kleinen silbernen Stern, fädelte ihn auf ein silbernes Kettchen und legte ihn dem Mädchen um den Hals. Dieser Stern leuchtete auch in der Dunkelheit.

HIMMLISCHE GESELLSCHAFT

Der *Kleine Hund* weinte bitterlich, weil ihm der *Große Hund* wieder mal die Schau gestohlen hatte. Immer musste er sich so in Szene setzen, dieser Angeber, bloß weil sein Ambiente aus ein paar Sternen mehr bestand.

Da hatte es der *kleine Bär* leichter. Der *große Bär* konnte ihm nicht gefährlich werden, denn der *Bärenhüter* nahm sie an der Hand und sorgte für Ruhe.

Der *Große Wagen* und der *Kleine Wagen* lieferten sich wieder ein verbotenes Rennen auf der *Milchstraße.* Meistens ging ihnen unterwegs die Luft aus, deshalb führten sie die Luftpumpe mit sich. Bloß aufgepasst, dass sie der *Fuhrmann* nicht erwischte, sonst gab es ein Donnerwetter, das die *Hyaden* und die *Pleyaden* wild durcheinander rollten.

Zu des Himmels Schickeria gehörten *Perseus* und *Andromeda.* Ständig sorgten sie für Gesprächsstoff. *Perseus* stellte immer wieder seine beiden

Sternhaufen h und chi zur Diskussion. Außerdem ließ er seine beiden Sterne *Algol* so raffiniert um sich selbst kreisen, dass sie sich gegenseitig verfinsterten. Und *Andromeda* umgab sich dauernd mit ihrem Nebel, was ihr ein geheimnisvolles Aussehen verlieh.

Süße Töne entlockte die *Jungfrau* der *Leier*. Bei solch zarter Musik hörten *Herkules* und der *Widder* endlich auf sich zu prügeln.

Kepheus erklärte *Kassiopeia* seine Liebe. Aber *Eridanus* hatte ihr bereits den Kopf verdreht und die nördliche Krone mit dem herrlichen Stern *Gemma* geschenkt. Diese Geschichte wiederum brachte die südliche Krone völlig aus der Fassung.

Steinbock und *Adler* lebten in dauerndem Streit, obwohl die Taube immer wieder Friedens-demonstrationen flog.

Unaufhörlich zählte der *Zentaur* seinen Sternkugelhaufen *Omega Centauri*. Er erregte sich fürchterlich, wenn ihn beim Zählen jemand nach der zweiten Million störte, weil er dann stets wieder von vorn beginnen musste. Nie kam er auf dasselbe Resultat, stets waren es ein paar mehr oder weniger. Diese Tatsache stürzte ihn zeitweise in tiefe Depressionen.

Das *Achterschiff* spannte die Segel und fuhr mit dem *Schiffskiel* dem *Wassermann* entgegen. Am *Kreuz des Südens* trafen sie den *Krebs,* der mit dem *Skorpion* lautstark darüber debattierte, ob der *südliche Fisch* mit den Fischen verwandt sei oder nicht.

Wie üblich mit dem Kopf durch die Wand wollte der *Stier*. Doch diesmal war es eine Nebelwand, und so geriet er in den *Orionnebel*. Erst nach langem Suchen fanden ihn die *Jagdhunde* wieder.

Die *Zwillinge* setzten sich auf eine Sternschnuppe und flogen damit durch das Universum. Als sie dabei das ganze Spektakel sahen, mussten sie so sehr lachen, dass sie herunterfielen. Aber zum Glück nicht in ein *schwarzes Loch*, sondern auf einen neugeborenen Stern, der sie auffing.

Der neue Stern trug den Namen "Wiedererstandenes Atlantis".

DIE EXPEDITION

Eines Tages, es ist noch nicht allzu lange her, war von der Erde eine Expedition zum Mond aufgebrochen, um dort das berühmte Mondkalb zu suchen. Herr Professor Doktor Wissensklug hatte für dieses Unternehmen seine besten Leute, die das nötige Fachwissen besaßen und dieser großartigen Aufgabe gewachsen waren, ausgewählt.

Von der Auffindung des Mondkalbes und dessen Untersuchung erhoffte sich die Wissenschaft bedeutende Erkenntnisse sowohl in Bezug auf die Genforschung als auch auf den Haarausfall bei Männern. Forschungen an Kälbern auf der Erde hatten dabei zu keinerlei befriedigenden Ergebnissen geführt.

Die Reise mit dem bekannten Flugobjekt verlief ohne Schwierigkeiten; exakt und planmäßig erfolgte die Landung. Die technische Ausrüstung bestand aus hochsensiblen Geräten. So schienen die besten Voraussetzungen für eine erfolgreiche Expedition gegeben.

Tatsächlich fand das Team auch bald allerhand seltsame Lebewesen - fliegende Elefanten, ein Schwein mit Federn, Hunde mit bunten Schwänzen und anderes mehr. Aber das Mondkalb lief ihnen nicht über den Weg, obwohl sie glaubten, schon entsprechende Fußspuren gefunden zu haben.

Als sie dem Mondlöwen begegneten, fragten ihn die Wissenschaftler, ob er nicht das Mondkalb gesehen hätte. "O ja, das Mondkalb", sagte der Mondlöwe interessiert, "das suche ich auch schon lange." (Um es aufzufressen, setzte er in Gedanken hinzu.) "Lasst mich wissen, wenn ihr es findet", sprach er abschließend, drehte sich um und trottete weiter.

Sie trafen einen Mondzwerg, den sie ebenfalls nach dem Mondkalb fragten. "Wie soll es denn aussehen?" meinte der Zwerg. "Wie ein Mondkalb eben aussieht", antwortete ein Teammitglied. "Und wie sieht ein Mondkalb aus?" forschte der Mondzwerg weiter. Die Teammitglieder antworteten: "Das wissen wir auch nicht." Oh", sagte der Zwerg, "das ist sehr gut beschrieben. Ich werde euch suchen helfen." Und er schloss sich der Expedition an.

Die Landung der Wissenschaftler sowie der Zweck ihrer Reise hatten sich auf dem Mond längst herumgesprochen. So waren auch schon

Bestrebungen im Gange, mehrere falsche Mondkälber zu präparieren, damit sie auf der Erde im Fernsehen auftreten und Reklame für den Mond machen könnten.

Inzwischen suchte das Team hektisch weiter. Unglaublich, irgendwo musste es doch sein, das Mondkalb! Es konnte ja nicht einfach vom Mondboden verschwinden.

"Hier ist es ja", schrie irgendein Expeditionsteilnehmer begeistert und sah sich schon auf der Titelseite bekannter Zeitschriften. Alle stürzten herbei. Was sie erblickten, war ein roboterartiger Apparat, der darauf programmiert war, unaufhörlich zu quäken. "Ich bin das Mondkalb, ich bin das Mondkalb, ich bin das Mondkalb". Enttäuscht wandten sich alle ab.

Langsam gelangten die Wissenschaftler zu der Einsicht, dass trotz High-Tech das Projekt "Mondkalb" mit an Sicherheit grenzender Wahrscheinlichkeit im Mondstaub verlaufen würde. Dies stellte eine schwere persönliche Niederlage aller Teammitglieder dar und würde außerdem die weitere Entwicklung des großartigen Forschungsprojektes in Frage stellen. So herrschte völlige Ratlosigkeit darüber, wie sie Herrn Professor Wissensklug, der doch seine ganzen Hoffnungen für sein Lebenswerk auf das Mondkalb gesetzt hatte, mit der niederschmetternden Wahrheit gegenübertreten sollten.

In dieser aussichtslosen Lage und mit einer entsprechenden trüben Stimmung traten sie den Heimflug an und überlegten krampfhaft, wie sie sich hier aus der Schlinge ziehen sollten. Dann hatte ein Teammitglied eine Idee...

Auf der Erde angekommen, kauften die Wissenschaftler von einem Bauern ein besonders kräftiges Kalb, besorgten gelbe Farbe und gaben damit dem Kalb ein neuartiges Aussehen.

Herr Professor Doktor Wissensklug konnte die Rückkehr des erfolgreichen Teams kaum erwarten. Schon Stunden vor der Ankunft befand er sich in Hochstimmung. Als dann endlich seine Mitarbeiter in den Räumen des Forschungszentrums versammelt waren, stürzte der Professor herbei.

Er ließ seinen Blick befriedigt über die bekümmerten Expeditionsmitglieder streifen, alsdann hefteten sich seine Augen auf das gelbe Kalb. Endlich am Ziel seiner Wünsche angekommen, warf er vehement seine Arme in die Luft und schrie begeistert; "Na also, da ist es ja!"

IM ANDROMEDANEBEL VERIRRT

Die Zwillinge *Castor* und *Pollux* brachen eines Tages auf, um *Kassiopeia* zu besuchen. Es bot sich an, bei Perseus vorbeizuschauen, und sie verbrachten dort einige vergnügliche Stunden.

Auf der Weiterreise begann es zu nieseln. Eine unangenehme Atmosphäre machte sich breit. Nebel tauchte auf, und irgendwie kamen die Zwillinge vom Weg ab. Die Gegend wurde ziemlich unwirtlich, der Nebel immer dichter. Obwohl *Castor* und *Pollux* versuchten, ruhig zu bleiben und sich zu konzentrieren, gerieten sie immer weiter in graue, kaum zu durchdringende Nebelschwaden. Die *Zwillinge* hatten Angst. Sie sahen nichts mehr als eine unheimliche Masse, die unaufhörlich auf sie zustrebte, über sie hinweg schwappte und ihnen den Atem nahm. Sie keuchten.

Eine Fratze mit furchterregendem Gesicht tauchte vor ihnen auf. Leere Augenhöhlen starrten sie an. Mit einem gurgelnden Laut versank sie vor den *Zwillingen* in unergründliche Tiefen. Wind kam auf, der sie mit Ächzen und Stöhnen umgab. Er steigerte sich zu einem drohenden Sturm und schleuderte ihnen brennendes Gebein entgegen. Apokalyptische Reiter galoppierten auf sie zu. Züngelnde Flammen krochen gierig an ihnen hoch. Wie von Furien gejagt versuchten *Casto*r und *Pollux* zu entkommen, aber immer tiefer verirrten sie sich in diesem Inferno. Der Boden unter ihnen bebte, und die Gischt eines schwarzen Ozeans rollte über sie hinweg. Eisige

Wasser rissen sie zu Boden. Dem Wahnsinn nahe suchten die Zwillinge nach einer Fluchtmöglichkeit, doch vor ihnen barst eine giftgrüne Mauer und übersäte sie mit prasselnden Steinen. Vor Schmerz schrien die Zwillinge auf. Ekelhafte, klebrige Schlingen umklammerten ihre Beine.

Das war die Hölle, nirgends ein Ausweg. Die Minuten wurden zu Stunden, die Stunden zu Tagen. Das Böse hatte sie in seinen Klauen.

Wie blind stolperten *Castor* und *Pollux* über tote Tiere, traten auf glühendes Magma und fielen gegen Körper, die sich selbst zersetzten. Vom Grauen überwältigt, versanken sie in tiefer grauer Nacht.

Als die Zwillinge erwachten, umgab sie Totenstille. Durch ein aufgerissenes Wolkenloch starrten sie in das helle Blau des Himmels. Immer noch gelähmt vor Entsetzen, konnten sie sich nicht bewegen. Erst allmählich milderte sich die Panik. Die Hölle wich.

Ein Stein aus Rosenquarz schimmerte zu ihrer Rechten. Zu ihrer Linken verströmte eine herrliche Blume ihren berauschenden Duft. Die Farbe ihrer Blütenblätter wechselte von hellem Orange zu sattem Gelb.

Castor und *Pollux* fielen sich in die Arme. Sie hatten das Grauen überwunden und erwachten zu neuem Leben. Aber sie waren nicht dieselben geblieben.

WEINEN UND LACHEN

In einem prächtigen Palast aus geschliffenem Bergkristall wohnte die Sternkönigin zwischen Himmel und Erde. Die in modernem Design gefertigten Möbel aus Acrylglas waren genauso durchsichtig wie die Vorhänge und die Bettwäsche aus milchweißer Seide. Wenn die Sternenkönigin in ihrem Kleid aus himmelblauem Samt durch ihre Räume schritt, war der Anblick noch viel schöner als in einem Märchen aus tausendundeiner Nacht.

Oft stand die Sternenkönigin am Fenster ihres Palastes und blickte auf die Erde hinunter. Was sie dort sah, stimmte sie immer sehr traurig, denn obwohl eine gütige Natur den Planeten Erde so wunderbar ausgestattet hatte, gab es Ärger und Streit, Quälerei, Unfrieden und Krieg. Das tat ihr dann so weh, dass sie bittere Tränen vergoss, und mit jeder Träne verlosch einer der Sterne, die das Firmament erleuchteten.

Die Sternenkönigin war mit dem Mann im Mond befreundet, einem kleinen, dicken, fröhlichen Burschen, der meist einen Grund zum Lachen fand, und besonders dann, wenn er auf die Erde hinunterschaute. Was gab es dort aber auch für lustige Witze, fröhliche Lieder, heitere Anekdoten und humorvolle Scherze. Der Mann im Mond lachte und wieherte, schmunzelte und prustete, hielt sich den Bauch vor Vergnügen, ja, er kringelte sich förmlich vor Lachen, so heftigen Spaß machte ihm das alles. Und sein Lachen hatte eine unsagbare Wirkung: Er konnte damit die erloschenen Sterne wieder zum Leuchten bringen.

Auf diese Weise blieb am Himmel immer alles einigermaßen im Gleichgewicht - wenn die Sternenkönigin weinen musste, brachte der Mann im Mond die Sache wieder in Ordnung.

Meist besuchte der Mann im Mond die Sternenkönigin in ihrem Palast, da seine Wohnung auf dem Mond nicht besonders gastlich war. Stets zog er einen Tross kleiner, kichernder Mondtrabanten hinter sich her, um sein Outfit etwas aufzupolieren, denn in Gegenwart der eleganten Sternenkönigin fühlte er sich immer etwas unsicher.

Eines Nachts, als die Sternenkönigin wieder einmal Tränen vergoss, weil auf Erden ein Krieg ausgebrochen war, wartete sie umsonst auf den Besuch ihres Freundes. Sie vermisste sein herzliches Lachen, das sie sonst immer fröhlich gestimmt hatte. Nun verdüsterte sich der Himmel, so viele Sterne waren erloschen. Sie wartete die ganze Nacht, auch die nächste und übernächste - vergebens.

Dies ließ ihr keine Ruhe mehr, sie wollte den Mann im Mond besuchen und traf ihn auch wohlbehalten in seinem Haus auf dem Mondgebirge an.

Dem Mann im Mond war es ziemlich peinlich, als die Sternenkönigin ihn im Bett entdeckte. Er sah verstrubbelt aus, und in seinem Schlafzimmer herrschte Chaos. Die kleinen Mondtrabanten wuselten überall herum und brachten die ganze Unordnung noch zusätzlich in Bewegung. Ganz tief kroch der Mann im Mond unter seine Decke.

"Warum bist du solange nicht zu Besuch gekommen?", fragte ihn die Sternenkönigin, "Ich hätte dich so dringend zum Lachen gebraucht. "Es hat sich ausgelacht", antwortet der Mann im Mond düster. "Und warum?" wollte die Sternenkönigin wissen. "Weil ich nicht mehr lachen kann", erwiderte der Mann im Mond. Die Sternenkönigin bohrte weiter: "Warum kannst du nicht mehr lachen?" "Es gibt nichts mehr zu lachen, alles ist schon einmal dagewesen, Schluss und fertig", erklärte der Mann im Mond kategorisch.

Eine Weile blieb es still, nur die kleinen Mondtrabanten kicherten. "Ruhe", herrschte sie der

Mann im Mond an. Sie fuhren erschrocken zusammen.

"Kennst du den neuen Witz schon?" brach die Sternenkönigin schließlich das Schweigen. Der Mann im Mond winkte ab. "Kenne ich", sagte er nur lapidar. "Die Tortenschlacht neulich im Fernsehen soll so köstlich gewesen sein", sprach die Sternenkönigin weiter. Aber der Mann im Mond zuckte nur mit den Achseln und machte nicht die geringsten Anstalten, das Bett zu verlassen.

Die Sternenkönigin versuchte es von neuem: "Hast du schon gesehen, was die Menschen in letzter Zeit für eine verrückte Mode tragen?" Der Mann im Mond brummelte höflichkeitshalber: "Gibt es tatsächlich etwas Neues?" Dann schloss er seine Augen.

Die Sternenkönigin wurde langsam etwas ärgerlich. Sie hatte sich Sorgen gemacht und den weiten Weg nicht gescheut, und jetzt lag der Mann im Mond in seinem Bett und ließ sie einfach stehen. "Ich glaube, die Menschen haben recht, wenn sie behaupten, den Mann im Mond gibt es gar nicht", murmelte die Sternenkönigin enttäuscht und schickte sich an, das Zimmer zu verlassen.

"Was!" schrie der Mann im Mond und schoss aus dem Bett. Die kleinen Mondtrabanten purzelten wild durcheinander. Erstaunt drehte sich die Sternenkönigin um. "Was", schrie der Mann im Mond nochmals aufgebracht, "sie wagen es, meine Existenz anzuzweifeln?" Die Haare standen ihm zu Berge, er ruderte aufgebracht mit seinen Armen und sprang wie ein Gummiball hin und her.

Die Sternenkönigin stand diesem Ausbruch fassungslos gegenüber. So hatte sie den Mann im Mond noch nie erlebt. Das weiße Nachthemd flatterte wie eine Fahne im Wind, und er sah umwerfend aus in seiner Erregung.

Auf einmal musste die Sternenkönigin lachen, obwohl sie es eigentlich gar nicht wollte. Sie lachte und lachte, bis ihr die Tränen über die Wangen liefen. Es sah einfach zu komisch aus. Der Mann im Mond hielt verblüfft inne. Er hatte die Sternenkönigin bisher höchstens lächeln, aber noch nie lachen gesehen. Er war sichtlich irritiert.

Als sich die Sternenkönigin beruhigt hatte, trat sie zum Mann im Mond und nahm seine Hand. "Lass sie reden, die Menschen", tröstete sie ihn, "ich weiß ja, dass es dich gibt. Dem Himmel sei Dank", fügte sie hinzu.

Zwischenzeitlich war es im Zimmer hell geworden, weil all die erloschenen Sterne durch das Lachen der Sternenkönigin wieder aufgeflammt waren. Sie sah erstaunt aus dem Fenster. Stern um Stern erstrahlte in seiner größten Leuchtkraft.

Der Mann im Mond freute sich sehr. "Das ist ja wunderbar"; wandte er sich an die Sternenkönigin,

"Jetzt darf auch ich einmal traurig sein und muss nicht mehr über jeden Witz in fröhliche Begeisterung ausbrechen." "Ja, antwortete sie, und vielleicht sollte ich wirklich versuchen, öfter zu lachen. Ich hatte es nur noch nie ausprobiert. Eigentlich ist doch alles ganz einfach.

PLANETENLIEBE

Die strahlende Venus galt als ausgesprochen schöner, harmonischer Planet; sie leuchtete von allen Himmelskörpern am Morgen und am Abend am hellsten. Kein Wunder also, dass *Mars* und *Uranus* schon seit langen Zeiten um ihre Gunst kämpften.

Bei den Planeten herrschte Damenmangel, denn außer der *Venus* gab es diesbezüglich nur noch die *Erde*. Aber die wollte von Liebesgeschichten nichts wissen, denn sie hatte mit den Tragödien, die sich auf ihr bei den Menschen abspielten, genug zu tun. Außerdem umkreiste sie der *kleine Mond* schon ständig.

So schwärmte auch *Pluto, Neptun* und *Merkur* für die schöne *Venus*. Sogar der kühle *Saturn* umwarb sie. Zwei ganz junge Planeten, die noch gar keinen Namen hatten, standen ebenfalls auf sie, weil sie es den anderen gleichtun wollten. Aber bei ihnen war es eher eine nicht ganz ernst zu nehmende Schwärmerei, denn viel lieber spielten sie Planetenkricket oder übten Klimmzüge am *großen Wagen*. Nur *Jupiter* hatte rein väterliche Ambitionen. Er hüllte die *Venus* in sein gelbes Licht ein und passte auf, dass ihr niemand zu nahe trat.

Die schöne Venus nahm die Bewunderungen gelassen hin. Im Grunde interessierten sie die Planeten gar nicht, denn sie träumte Tag und Nacht von einem Fixstern. In heißer Liebe war sie zu *Arctur* entbrannt, des *Bärenhüters* hellstem Stern. Stunde um Stunde, Monat für Monat, Jahr für Jahr lebte sie dafür, ihn zu sehen und anzustrahlen, ohne zu wissen, ob er jemals ihre Liebe erwidern würde. Die Zeiten, die sie von ihm abgewandt zubringen musste, blieben leer für sie, wie eine Hülle ohne Inhalt. Nur wenn es ihr gar zu lange dauerte, bis sie Arctur wiedersehen konnte, vertrieb sie sich die Zeit mit den Planeten und ließ es sich gerne gefallen, im Mittelpunkt zu stehen.

Die Verehrung der Planeten für die schöne *Venus* fand vielfältigen Ausdruck: *Merkur* schrieb ihr unzählige sehnsuchtsvolle Liebesbriefe. Neptun flüsterte ihr ständig irgendwelche Schmeicheleien und Komplimente zu. Wolken aus silbernem Staub schenkte ihr *Uranus*, durchsichtige Traumblumen *Pluto*. Der explosive *Mars* bekam stets einen roten Kopf, wenn er an die strahlende *Venus* dachte. Er komponierte ihr ein fetziges Lied, dessen heißer Sound die ganze Region in hellen Aufruhr versetzte. Wenn die zwei ganz jungen Planeten der schönen *Venus* ansichtig wurden, pfiffen sie bewundernd durch die Zähne und machten freche Bemerkungen, was nicht gerade von guten Manieren zeugte.

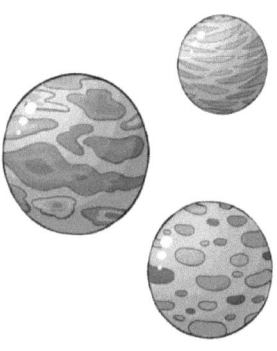

Natürlich gab es bei all dem Liebeswerben stets Eifersüchteleien, vor allem zwischen *Saturn* und *Mars*, aber im Grunde blieb es dabei meist bei einem harmlosen Geplänkel.

Das änderte sich, als eines Tages Saturn der schönen *Venus* einen seiner Ringe schenken wollte. Die Ringe des *Saturn* waren stets sorgfältig gepflegt, und er hütete sie wie seinen Augapfel, doch für die schöne *Venu*s wollte er eben auf einen verzichten. Darüber geriet der Mars außerordentlich in Wut, weil er dem nichts entgegensetzen konnte, und er drohte, die Ringe des Saturn zu zerstören. Diese Drohung musste durchaus ernstgenommen werden, denn der Mars galt als aggressiver Bursche. Saturn versuchte zunächst, cool zu bleiben und meinte, er könne schließlich mit seinen Ringen machen was er wolle, was wahrscheinlich auch den Tatsachen entsprach. Wenn aber der *Mars* das Wort "Ring" auch nur hörte, rastete er aus. So blieb dem an sich reservierten *Saturn* gar nichts anderes übrig, als zur Verteidigung überzugehen.

Sofort bildeten sich zwei Fronten, *Pluto* und *Uranus* schlossen sich dem *Mars* an, *Neptun* und *Merkur* dem *Saturn*. Aber damit nicht genug - sie brachten jeweils ihre sämtlichen Trabanten und Begleiter mit. Sogar *Jupiter* wurde mit hineingezogen und musste sich als Schiedsrichter zur Verfügung stellen. Die *Erde* mit dem *Mond* hielt sich klugerweise aus diesen Männergeschichten ganz heraus.

So standen sie sich feindselig gegenüber - der eine Pulk am Frühlingspunkt und der andere Pulk am Herbstpunkt der Ekliptik. Zuerst gab es einen

Wortwechsel, dann eine Rempelei, schließlich eine wütende Schlägerei. Seit dem Urknall hatte es keinen solchen Krach mehr gegeben.

Als sich der ganze Haufen etwas abreagiert hatte, stellten einige kluge Köpfe fest, dass die Sache im Grunde nur *Saturn* und *Mars* betraf und sie eigentlich nichts damit zu tun hatten. Sie kamen auf die Idee, einen Psychoanalytiker hinzuzuziehen, damit dieser analysieren könne, warum der Mars wegen der Ringe des Saturn derart in Rage kam. Der Fachmann erforschte die Geburt, die Kindheit und die Jugend des *Mars*, doch er kam zu keinem aufschlussreichen Ergebnis. Schließlich musste er offenlassen, ob sich die Aggressivität des *Mars* in Bezug auf die Ringe des *Saturn* auf die Ringe eines Baumes zurückzuführen ließe - ein Baum, der sich vielleicht früher einmal in seinem Besitz befunden hatte und ihm dann eventuell mit Gewalt entrissen worden war.

So weit, so gut, aber die Lösung des Problems war damit keinen Schritt näher gerückt, und der *Mars* fing von neuem an, *Saturn* zu provozieren.

Nun schaltete sich als übergeordnete Instanz die *Sonne* ein. Es ginge nicht an, so sagte sie, am Himmel ein derart unwürdiges Spiel zu treiben. Sie gebot Ruhe und Frieden. Murrend fügten sich die aufgebrachten Streithähne.

Die schöne Venus jedoch hatte von den ganzen Auseinandersetzungen kaum etwas bemerkt, denn die Sterne standen gerade günstig für sie (lediglich der laute Krach hatte sie irritiert). Momentan befand sie sich nämlich auf der "richtigen" Seite des Universums. Und so war die schöne Venus mit allen

Fasern ihres Herzens damit beschäftigt, heiß und innig *Arctur* anzustrahlen, des Bärenhüters hellsten Stern.

Venus

DER VERIRRTE SONNENSTRAHL

Der Oktober war düster und neblig. Wenn es trotzdem einmal aufklarte, war vom Himmel nichts weiter zu sehen als graue Wolken, die in dicken Schwaden nach Osten zogen. Tagelang hatte es geregnet, und es war ziemlich kalt. Wenn dies so weiterging, würde der nächste Sturm das restliche Obst ernten, denn kein Mensch hatte Lust, bei diesem Wetter die gelben Birnen und roten Äpfel zu pflücken, die noch überreif an den Bäumen hingen.

Jedes Jahr gab es dasselbe Problem: Nach einem schönen, hellen, warmen Sommer folgte dieser grässliche Oktober. Der Übergang zur kalten Jahreszeit war einfach zu abrupt. Wenn alles so trostlos aussah und die Sonne nicht mehr schien, konnten auch die bunten Blätter an den Laubbäumen die trübe Stimmung nicht verbessern.

Zu dieser Zeit nun hatte sich ein Sonnenstrahl verirrt - das heißt, er war einfach übriggeblieben. Denn als die Sonne das letzte Mal schien, hatte er versäumt, mit den anderen Sonnenstrahlen rechtzeitig zu ihr in den Himmel zurückzukehren. Bis er sich versah, war die Sonne untergegangen und er als einziger auf der Erde zurückgeblieben

Wenn die erste Erdennacht seines Lebens schon reichlich unangenehm gewesen war, so gestaltete sich die darauffolgende Zeit als reines Fiasko. Da war nichts mehr mit lustigen Streichen, wie einen Menschen an der Nase kitzeln und so. Zuerst hatte er sich noch bemüht, die grauen Schatten und Stimmungen ein wenig aufzuhellen.

Dies aber stellte sich als ein aussichtsloses Unterfangen heraus, denn was richtet ein einziger Sonnenstrahl gegen dicke Nebelschwaden aus! Er versuchte immer wieder, überall ein wenig Helligkeit hineinzubringen, aber wo er auch hinkam - an den See, in den Wald, auf die Berge - nirgendwo ein Lichtblick, ein Vogellied, ein fröhliches Lachen. Sogar die Tiere verkrochen sich. Lediglich ein dicker schwarzer Käfer krabbelte daher, aber der war ohnehin im Nassen und Dunkeln zu Hause.

Der kleine Sonnenstrahl fror. Er fror nicht nur ein bisschen, sondern ganz erbärmlich. Das war ihm selbst gänzlich unerklärlich, denn ein Sonnenstrahl hat an sich genügend Eigenwärme. Im Grunde erging es ihm genauso wie den Menschen bei diesem Wetter. Sein Herz wurde traurig, seine Seele schwer. Schließlich setzte er sich auf eine Tanne und gab sich seiner finsteren Stimmung hin.

Die Sonne hatte natürlich bemerkt, dass einer ihrer Strahlen fehlte. Da aber nichts wirklich verloren gehen kann, und schon gar nicht ein Sonnenstrahl, machte sie sich eines trüben Oktobertages auf die Suche nach ihm. Sie vertrieb ein paar dicke, graue Wolken, die eigensinnig ihr Recht behaupten wollten, und durchdrang mit Leichtigkeit den schweren Nebel, der gerade wieder einmal dabei war, sich genüsslich auszubreiten. Und da sah ihn die Sonne sitzen, den Sonnenstrahl, auf der Spitze der Tanne. Er sah so traurig aus, dass sie ihn gar nicht ausschimpfen konnte, weil er damals zu spät gekommen war und sich dann allein verirrt hatte. So schloss sie ihn nur tröstend in die Arme.

Der kleine Sonnenstrahl erzählte die ganze Geschichte mit dem düsteren Oktober, den grauen Wolken, der unheimlichen Nebelstille, und dass die Menschen und Tiere und auch die Pflanzen sich so sehr nach der Sonne sehnten und genauso traurig waren wie er selbst.

Die Sonne hörte aufmerksam zu. Nach einigem Nachdenken flüsterte sie dem Sonnenstrahl etwas ins Ohr. Daraufhin bekamen seine Augen wieder einen hellen Glanz, und von seiner Traurigkeit war nichts mehr zu erkennen. Eilig nahm er von dem Sonnengold, soviel er fassen konnte, zerrieb es in seinen Händen und warf es in die Gärten, auf die Felder und Wiesen, in den Wald, auf die Berge und Täler und sogar in die Luft. Sodann betrachtete er zufrieden sein Werk.

Seitdem geschieht es, dass wir zuweilen im oft düsteren Herbst noch diese schönen, warmen, sonnigen Tage haben, die Zeit, in der die Natur golden leuchtet - den GOLDENEN OKTOBER:

DER STERNKUGELHAUFEN M13

Der Sternkugelhaufen M 13 im Sternbild des *Herkules* kannte keine Disziplin, was sich schon aus dem Wort "Haufen" ableiten lässt. Denn ein Haufen ist niemals diszipliniert - er ist ungeordnet, ja zuweilen chaotisch, und genau das traf auf den M 13 zu.

Dies allein war aber gar nicht ausschlaggebend, denn auch die anderen Sternkugelhaufen schlugen oft über die Stränge. Doch wenn diese einen Befehl erhielten, standen sie in Reih und Glied, ihre Reihen konnten abgeschritten werden, oder sie rollten nur in die befohlene Richtung und genauso wieder zurück.

Der Sternkugelhaufen M 13 jedoch war besonders ungebärdig. Er stiftete Unheil an, wohin auch immer die diversen Kugeln sich begaben. Er rollte, wie es ihm eben Spaß machte, ohne irgendwelche Rücksicht auf irgendjemand zu nehmen.

Wenn er wenigsten in seinem Terrain geblieben wäre, aber nein, andere Himmelsbewohner wurden auch von ihm belästigt. Ein Teil der Kugeln machte sich einen Spaß daraus, in fremde Reviere einzudringen, dort alles aufzuscheuchen und durcheinanderzubringen und sogar manches niederzurollen, was nicht niet- und nagelfest war. In solchen Revieren brachen dann oft Streitigkeiten aus, weil durch das Eindringen von M 13 zuweilen Konflikte berührt wurden, die längst vergessen schienen.

Herkules war wohl ein starker Mann, gegen den so leicht niemand aufkam. Aber den M 13 brachte er nicht in die Reihe; er war zu wild. Die Kugeln rollten hin und her, vor und zurück, durcheinander, übereinander. Sie rollten über alle Hindernisse hinweg, einmal schneller, einmal langsamer, aber stets so, wie *Herkules* es eigentlich verboten hatte. *Herkules* raufte sich die Haare, er schimpfte und drohte und beschwichtigte - der M 13 war unbelehrbar. Es schien einfach aussichtslos, diesen Haufen jemals bändigen zu können.

Herkules holte sich den *Fuhrmann* zu Hilfe. Der war lediglich mit seiner Peitsche stark, die er laut knallen ließ. Die Kugeln jedoch stoben ganz einfach davon. So schnell der *Fuhrmann* auch lief, er konnte sie nicht einholen. Der M 13 zeigte keine Spur von Respekt oder gar Angst.

Ähnlich erging es dem *Bärenhüter,* denn hüten konnte man eher einen Haufen Flöhe als den Sternkugelhaufen M 13. Der lachte nur über den *Bärenhüter*, und einige *Kugeln* fingen sogar an, ihn zu verspotten.

Daraufhin wurde der *Große Wagen* bestellt, um die Masse der *Kugeln* ordentlich darauf zu packen. Als der Raum dafür nicht ausreichte, wurde der Rest auf den *Kleinen Wagen* geladen.

Nun aber begann ein fürchterliches Spektakel: Vom *Kleinen Wagen* hüpften die *Kugeln* herunter, um auf den *Großen Wagen* aufzuspringen, wo sie natürlich keinen Platz mehr hatten und alle wieder herunterfielen. Das war ein Ansporn für die Kugeln auf dem Großen Wagen, die in umgekehrter Reihenfolge dasselbe versuchten. Es entstand ein beängstigendes Durcheinander und Hin- und Hergehopse, das nicht auszuhalten war, zumal dabei ein gehöriger Lärm entstand, der über den ganzen Himmel schallte.

Der *Löwe* schrak aus seiner Mittagsruhe auf. Er stieß ein gewaltiges Brüllen aus, was aber weiterhin keinen Eindruck auf den M 13 machte. Auch der *Drache* fuhr fauchend und Feuer speiend dazwischen. Aber die *Kugeln* jagten auseinander, und zurück blieb lediglich der Qualm, den der *Drache* aus seinen Nüstern ausstieß.

Endlich wurde eine Versammlung einberufen, damit dem ungezähmten Treiben, dem Rollen und Toben ein Ende gesetzt würde. Herkules bekam natürlich Vorwürfe, denn schließlich war er für den unzivilisierten Haufen verantwortlich. Dies war ihm sehr peinlich, und so schlug er vor, einen General herbei zu zitieren, damit dieser dem Sternkugelhaufen M 13 Zucht und Ordnung beibrächte.

Der General erschien in Begleitung seiner Untergebenen. Sogleich wurde der M 13 in fünf Züge aufgeteilt.

"Erster und zweiter Zug antreten", rief der Unteroffizier.

"Dritter und vierter Zug im Laufschritt marsch", befahl der andere Unteroffizier. Den fünften Zug rief niemand mehr, weil der Unteroffizier, der Feldwebel, der Hauptmann und der General wegen der unzähligen Kugeln völlig die Übersicht verloren.

Der Feldwebel schrie in letzter Verzweiflung: "Kompanie stillgestanden!" Der Sternkugelhaufen M 13 erstarrte. Keine Bewegung mehr in dem ganzen Haufen.

"Guten Morgen, Kompanie", grüßte der Hauptmann.

"Guten Morgen, Herr Hauptmann", parierte der Sternkugelhaufen M 13 wie aus einem Munde.

"Die Augen links", kommandierte der Hauptmann, "Die Augen rechts, die Augen geradeaus".

Bis dahin klappte alles vorzüglich, und Herkules fiel buchstäblich ein Stein vom Herzen. Er war also doch zur Räson zu bringen, dieser ungezogene Sternkugelhaufen M 13.

Doch als der Hauptmann sagte: "Rührt euch", war es vorbei mit der Disziplin. Die Kugeln konnte niemand mehr halten, und es ging noch schlimmer zu, als beim Versuch mit dem *Großen* und *Kleinen Wagen*. Es war die Ruhe vor dem Sturm gewesen. Alles floh, so schnell es ging, um von den vielen *Kugeln* nicht überrollt zu werden.

Und dann geschah das Unfassbare: Eine *Kugel* zerbrach. Das Rollen und Brüllen nahm ein jähes

Ende. Fassungslos starrten die Anderen auf die zerplatzte *Kugel,* denn so etwas war noch nie dagewesen. Der ganze M 13 hielt den Atem an. Langsam löste sich die Hülle der *Kugel* ab und ihr entstieg ein alles überstrahlender Stern von makelloser Schönheit, der in sich die Liebe trug.

Da die Zeit reif war, brachen noch weitere Kugeln entzwei - neue Sterne wurden geboren: Sterne der Freude, Sterne der Hoffnung, Sterne des Verstehens, Sterne des Glücks. Und wenn ihre Zeit gekommen ist, zerspringt eine Kugel nach der anderen, und ihre äußeren rauen Schalen zerfallen.

Ungeahnte positive Kräfte werden dann freigesetzt, denn die Sterne fallen zur Erde, und während der langen Zeit des Hinabsinkens lösen sie sich in Milliarden von Teilchen auf. Manche manifestieren sich als Tautropfen oder Schneekristalle, manche leuchten auf, wenn die Sonne sich im See spiegelt oder das Mondlicht in der Nacht einen Fluss berührt. Manche strahlen in den Augen der Kinder, wenn sie staunend die Wunder der Welt ergründen. Und manche...

So ist der Sternkugelhaufen M 13 im Sternbild des *Herkules* kleiner geworden. Aber noch immer wartet er auf die Geburt eines besonderen Sterns: den Stern des Friedens.

DAS UFO

Als sie am späten Abend das Fenster schließen wollte, sah sie das Ufo. Die Nacht war schwarzblau und klar und der Himmel übersät von hellen Sternen. Deshalb fragte sie sich zunächst, ob sie vielleicht einem Trugbild erlegen sei.

Aber es gab keinen Zweifel: Vor ihr in der Luft stand ein unbekanntes Flugobjekt, rund, mit einem Ring um den Metallkörper und zwei grellen Scheinwerfern, die unaufhörlich blinkten. Das Ufo ähnelte einem dicken Käfer, der ohne Flügelschlag bewegungslos in der Luft schwebte. Seine hervorquellenden Scheinwerferaugen öffneten und schlossen sich wie bei einem überdimensional großen Frosch. Das Ufo war mattsilbern, ohne jeden weiteren Anstrich. Es trug ein rötliches Licht auf der Spitze und hatte ein Band violetter Strahlen an der Unterseite.

Ihr Körper war wie gelähmt. Sie hatte große Angst und wollte weglaufen, aber sie konnte sich nicht bewegen. Nur ihr Verstand arbeitete und sie wusste unzweifelhaft: Drüben im nahen Wald schwebten seltsame, glühende Objekte. Sie unterschieden sich von den Sternen durch ununterbrochene Bewegungen. Der ganze Himmel war in Aufruhr.

Das Ufo vor ihrem Fenster erhellte den Garten mit weißem Licht. Sie konnte jeden Grashalm erkennen und die trockenen Blätter des verdorrten Rosenstrauches in der Blumenrabatte, der voriges Jahr noch so zauberhaft geblüht hatte. Die Rosen hatten eine zarte hellrote Farbe. Es tat ihr leid, dass der Strauch im Laufe des Winters vertrocknet war.

Eine magische Kraft zog sie aus dem Fenster ins Freie. Sie konnte sich immer noch nicht rühren und wurde durch einen Lichtstrahl sanft vorwärts bewegt, ohne dass sie zu Boden fiel. In dem Lichtstrahl sah sie unter sich den Kiesweg und die Blumenrabatte mit dem verdorrten Rosenstrauch.

Das Ufo öffnete seine Luke, und sie schwebte hinein. Sie glaubte, vor Angst und Panik ohnmächtig zu werden, doch das ging vorüber.

Innen war die Kabine hell erleuchtet und durch eine gläserne Wand in zwei Räume aufgeteilt. Es gab keine Türen. An den Wänden standen Sitze aus bronzefarbenem Metall, und an der Decke des Ufos befanden sich allerhand abstrakte Symbole sowie fluoreszierende Metallstücke, dreieckig in der Form. Auf seltsamen Stühlen saßen an langen Tischen in silbrige Overalls gekleidete, zarte Wesen, die sie nur schemenhaft wahrnehmen konnte. Das Auffallendste und Deutlichste an ihnen waren ihre großen, klaren, nach außen tränenförmig geschnittenen Augen. Sie hörte Stimmen, konnte jedoch den Sinn der Worte nicht begreifen.

Plötzlich wusste sie, dass ihr nichts Schlimmes geschehen würde. Die Panik verflog, und sie konnte ihre Glieder wieder rühren. Eine angenehme Atmosphäre war zu spüren, und sie entspannte sich.

Lautlos setzte sich das Ufo in Bewegung. Die extreme Beschleunigung warf sie fast um. Durch eine Öffnung sah sie Wolkenfetzen vorbeirasen. Sekunden später schickten Sterne ihr silbernes Licht in den Raum.

Das Ufo näherte sich einem großen, hellen, blinkenden Stern. Erst zuletzt erkannte sie in ihm ein Raumschiff, das inmitten eines Wirbelsturmes flog und blassblaue Elektrizität ausstrahlte, und zwar in einer Wellenbewegung, die pulsierend war wie etwas Lebendes.

Die Flugroute des Ufos verlief nun nicht mehr linear, sondern steuerte im Zickzackkurs auf das Raumschiff zu, dessen folgendes Manöver von einem intelligenten Kontrollsystem zeugte: Feuerbälle, die auf das Ufo abgeschossen wurden, zwangen es wieder in eine gerade Fluglinie. Der Wirbelsturm beruhigte sich, und sie schwebten an das Raumschiff heran. Es war riesengroß, metallisch strukturiert und hatte keine Schweißnähte, Schrauben oder Nieten. Ein ungewöhnliches extrem stabiles Licht schuf eine Öffnung: Das Ufo glitt in das Mutterschiff hinein und kam zum Stehen.

Die Wesen in den silbrigen Overalls verließen das Ufo. Sie ging mit ihnen. Sofort kam eine Crew heran - seltsame humanoide Gestalten, die sich auf tanzenden Lichtern fortbewegten. Von ihnen wurden die Ufonauten empfangen und zu gläsernen Tischen geführt, die über und über mit herrlich aussehenden Früchten bedeckt waren, die sie nicht kannte. In silbernen Bechern standen Säfte bereit. Dazwischen rankten sich in schlanken Pokalen Zweige und Blüten in unbeschreiblicher Farbenpracht. Ihr betörender Duft verströmte im Raum.

Eine Unterhaltung kam in Gang, der sie akustisch nicht folgen konnte. Eine Art Zeichensprache war ihr verständlicher: Sie sollte die Früchte probieren. Längst wähnte sie sich in einem unverständlichen Traum, konnte das Erlebte nicht einordnen. Wie in Trance ging sie auf den Tisch zu und kostete von den edlen Früchten. Diese hatten ein erlesenes Aroma, und die Säfte schmeckten einfach köstlich. Eine unbekannte, angenehme Energie breitete sich in ihr aus. Nun war auch eine telepathische Verständigung mit den fremden Intelligenzen möglich. Sie kamen aus einer weitentfernten Galaxie, um durch die Schaffung unabhängiger, elektromagnetischer Felder neue Energie-quellen zu erschließen.

Nach einiger Zeit bemerkte sie, dass das Raumschiff stark beschleunigte, und sie hatte das Gefühl, in einem Nichts aufgesogen zu werden, ohne dafür eine Erklärung zu finden. Die Silhouette eines kleinen Wesens mit einem großen Kopf tanzte vor ihr auf. Es sagte kein Wort. Durch eine Handbewegung gab das Wesen den Blick frei für das, was sich außerhalb des Raumschiffes befand. Sie sah eine Menge fliegender Untertassen sich dem Raumschiff zugesellen. In seinem Strahlungsfeld befanden sich noch einige außerirdische Sonden mit trägerartigen Beinen, die lautlos immer dieselbe Bahn zogen.

Im weiteren Verlauf der Reise sah sie andere Gestirne, andere Welten, in ihrer Ausdehnung unendlich scheinende Galaxien, Sonnen, die ihre Glut ins Weltall schleuderten, und solche, die warmes Licht schenkten. Sie sah Sterne miteinander verschmelzen, so dass sie eine einzige Lichtkugel bildeten, und die sich dann wieder voneinander entfernten, als würden sie endlich verschiedene Wege gehen, bis eine Macht sie anhielt und erneut aufeinander zutrieb.

In einiger Entfernung tauchte die Erde auf, ein blauer Planet, freundlich anzuschauen. Fassungslos sah sie eine sekundenschnelle Veränderung des Bildes: glutversengte Pflanzen, sterbende Tiere, schreiende Menschen in Todesangst, Feuersbrunst, Überschwemmungen, Stürme und Erdbeben, Panik in einem flammenden Inferno. Doch auch diese Vision ging schnell vorüber. Plötzlich sah sie Berge im Morgenrot erglühen, Wälder in sattem Grün, das Meer glänzte im Sonnenschein, und Palmen wiegten sich zärtlich im Wind.

Sie erwachte vom Läuten des Telefons. Zuerst wusste sie nicht wo sie war, konnte sich nicht orientieren. Als aber das Telefon immer weiterschellte, nahm sie den Hörer ab. Irgendjemand wollte etwas von ihr, aber sie konnte den Sinn der Worte nicht erfassen und legte ohne zu antworten wieder auf. Erst musste Ordnung in ihre Gedanken kommen, bevor sie heute mit einem Menschen sprach. Bleischwer waren ihre Glieder, der Kopf schmerzte. Ein Blick auf die Uhr - es war halb zehn am Vormittag, und sie hätte um acht ihren Dienst antreten müssen. Sie kroch aus dem Bett, versuchte taumelnd zu stehen. Wirre Bilder geisterten durch ihr Gehirn.

Nein, das konnte sie niemand erzählen. Man würde sie für verrückt erklären. So etwas gab es nicht. Zuletzt kam sie zu dem Schluss, dass es ein Traum gewesen sein musste, ein schrecklicher, irrer, phantastischer Traum.

Draußen regnete es in Strömen. Sie trat ans Fenster. Etwas silbrig Glänzendes zog ihren Blick auf sich: ein Metallstück, fluoreszierend, dreieckig in der Form. Und daneben blühte in unbeschreiblicher Pracht der verdorrte Rosenstrauch.

DIE MILCHSTRASSE

Die Milchstraße könntest du dir vorstellen wie den berühmten Berliner Kurfürstendamm oder die Via Appia in Rom, nur etwas breiter und ein paar Kilometer länger. Allerdings ist die Milchstraße nicht mit langweiligem grauen Asphalt zubetoniert, sondern mit unzähligen Sternen gepflastert, die glitzern und funkeln und über Entfernungen von vielen, vielen Lichtjahren als silbernes Band zu sehen sind. Das Brandenburger Tor heißt hier "Tor zum seligen Frieden" und die Spanische Treppe wird "Himmelsleiter" genannt.

Links und rechts der Milchstraße befinden sich die herrlichsten Luxusgeschäfte voll auserlesener, wertvoller Waren aus namhaften Kollektionen. Hier gibt es alles zu kaufen, was das Herz begehrt. Das Herz aber will in den Gefilden um die Milchstraße keine Autos, Computer oder Modeartikel - hier gelten andere Werte: Flügel, die uns auf höhere Ebenen bringen, Licht für die Durchquerung des dunklen Reiches, Wasser zum Abwaschen der Schuldgefühle, Öl für die Linderung der Schmerzen des Herzens, Duftstoffe zur Problembewältigung, Lichtschranken, die die Angst abschneiden, und vieles andere mehr.

Auch Wertpapiere von der Börse sind an der Milchstraße nicht für Schweizer Franken oder Petro-Dollar zu haben; es zählt eine andere Währung. Die Aktienverkäufer richten sich nach dem Sternenindex und verkaufen Investment-Fonds als Anteile an dem unsichtbaren REICH DES GOLDENEN LICHTS. Gar mancher Interessent würde gerne kaufen, wenn, ja wenn ihm die Mittel zur Verfügung stünden.

Die Milchstraße stellt aber nicht nur irgendeine Sternsteinpflaster-Idylle dar. Auf ihr fährt der Große Himmelwagen, ohne Krach und Benzingestank. Sein Treibstoff ist das Licht. Er hält an vielen Stationen, und stets herrscht großes Gedränge an den Haltestellen, die da heißen...

Zur inneren Revolution: Die Bereitschaft, den weiten Weg zu gehen.

Zur neuen Buchhandlung: Bibel, Talmud, Koran und andere sind zu einem einzigen Buch zusammengefasst.

Zur großen Graffitiwand: Von der Seele schreiben, was dich bedrückt.

Zu den nackten Tatsachen: Ehrlich sein mit sich selbst, ist die härteste Weisheit.

Zur traurigen Erinnerung: Alle falschen Taten von dir werfen.

Zur gütigen Verzeihung: Dir selbst und anderen verzeihen.

Zur fröhlichen Hoffnung: Alles nimmt ein gutes Ende.

Zum barmherzigen Trost: Der Tod hat nicht das letzte Wort.

Zum unsichtbaren Reich des goldenen Lichts: Die Augen, die zu sehen glauben, schauen nur trübe Himmel...

Auch die Fahrscheine für den Großen Himmelswagen sind nicht für Pfund, Franken oder Yen zu haben. Nur mit Gutscheinen kann bezahlt werden, auf den jeweiligen Sternen zu erwerben. Diese Gutscheine gibt es für Hilfsbereitschaft, Nächstenliebe, Güte, Höflichkeit und andere positive Eigenschaften und Taten.

Jetzt muss ich diese Erzählung schließen und mich schnellstens um den Erwerb von Bons kümmern. Sonst stehe ich eines Tages auf der Milchstraße herum und kann nicht einkaufen, weil mir die entsprechenden Zahlungsmittel fehlen.

DER REGENBOGEN

Am Morgen hatte es aufgehört zu regnen, und die Sonne brach hervor. Plötzlich stand ein Regenbogen am Himmel. Er streckte sich weit über den Horizont wie ein großes, buntes Tor, das seine Pforten einladend geöffnet hält zu einem Besuch im Regenbogenland.

Das Regenbogenland war erfüllt mit Freude und bunten Farben, mit Lachen und Glücklichsein. Die Wiesen erglänzten in sattem Grün, und der Sonnenschein spiegelte sich in den Fensterscheiben.

Ganz nah beim Regenbogen, am Eingang zum Regenbogenland, befand sich das Regenbogenschloss. Seine Erker und Türmchen reichten bis in die Wolken, und der blaue Himmel sah neugierig in den verträumten, kleinen Teich mit den tanzenden Libellen und blühenden Seerosen, der versteckt im Schlossgarten lag.

Herr des Regenbogenschlosses war ein außerordentlich liebenswürdiger junger Prinz, der das Regenbogenland mit Güte und Umsicht regierte. Er erwartete mit Sehnsucht die Ankunft seiner Prinzessin, deren Bild er im Traum gesehen hatte. Ihre Schönheit, Anmut und der sanfte Ausdruck ihrer Augen hatten ihn bis in sein Innerstes angerührt, und er war in tiefer Liebe zu ihr entbrannt.

Die Prinzessin, auf die der Prinz wartete, kam aus dem Reich der Phantasie. In einem Regenbogen hatte sie eines Tages das Gesicht des Prinzen entdeckt. Er lächelte sie an, und dieses Lächeln konnte sie nicht mehr vergessen.

Das Reich der Phantasie aber lag außerhalb des Regenbogenlandes, und die Prinzessin machte sich auf den Weg, dieses Land zu suchen. Der Prinz nämlich durfte das Regenbogenland nicht verlassen und die Schwelle des Schlosses zum Regenbogen hin nicht übertreten, denn sonst würde der Regenbogen verblassen. Und da nur über den Regenbogen der Weg in das Regenbogenreich führte, könnten dann die Liebenden niemals mehr zusammenkommen. Während die Prinzessin also den Eingang zum Herzen des Prinzen längst gefunden hatte, entdeckte sie die Pforte des Schlosses nicht so bald.

Der Regenbogen, der sich über das eine Ende des Firmaments bis zum anderen spannte, war nur eine Illusion. Und doch gab es ihn wirklich, denn er leuchtete weithin sichtbar in den Farben rot, orange, gelb, grün, blau und violett.

Auf der Suche nach dem Eingang des Regenbogenschlosses hatte sich die Prinzessin in einem großen, dunklen Wald verirrt. Nirgendwo sah sie einen Lichtschimmer oder gar den Regenbogen, das Dickicht war beinahe undurchdringlich.

Schließlich erreichte sie einen hellen, klaren Bach, der sich wie ein silbernes Band durch den dunklen Tann schlängelte. Diesem folgte die Prinzessin bis zu einem kleinen Felsvorsprung, über den das Wasser übermütig hinabstürzte.

In seinen Sprühtropfen erblickte sie einen zierlichen Regenbogen und darin das Gesicht des geliebten Prinzen, der sie zärtlich anlächelte, während Sehnsucht aus seinen Augen sprach. Ihr Herz wurde erneut von brennender Liebe erfüllt. Die Prinzessin folgte weiterhin dem Lauf des Baches und fand mit seiner Hilfe den Weg aus dem Wald.

Jenseits des Wassers erstreckte sich ein weißes Mäuerchen, das sich weit in die Landschaft hineinwagte und über und über mit üppig blühenden Pflanzen bewachsen war. Die Prinzessin öffnete das in die Mauer eingelassene Tor und betrat einen Zaubergarten. Unzählige bunte Blumen bedeckten grüne Rasenflächen. Berauschender Duft entströmte einer dichten Rosenhecke, die gelbe und rote Knospen trug. Büsche und Bäume ertranken förmlich in einem Blütenmeer. Blumen in zarten Farben nickten bei einem leisen Windhauch mit ihren Köpfchen. Ein feiner Geruch nach Veilchen, Flieder und Jasmin lag in der seidigen Luft, und in makelloser Reinheit reckten weiße Lilien dem Himmel ihre Kelche entgegen.

Sprachlos vor Staunen betrachtete die Prinzessin dieses Wunder an Farbe, Duft und Schönheit. Der Anblick des Gartens war das Wunderbarste, was sie je gesehen hatte. Sie setzte sich an einen Brunnen und hörte dem fröhlichen Gezwitscher der Vögel zu. Trunken von der Blütenpracht gaukelten bunte Schmetterlinge von einer Blume zur Anderen und unzählige Bienen summten im Sonnengold.

Über diesem Zaubergarten hatte die Prinzessin den Prinzen vergessen, der im Regenbogenschloss immer sehnsuchtsvoller und ängstlicher auf sie wartete. Denn schon war der Abend herangekommen, die Sonne würde bald untergehen und mit ihr der Regenbogen verblassen und die Pforte sich schließen, die nur für einen Tag geöffnet war.

Der Prinz rief nach der Prinzessin, doch sie hörte ihn nicht, da sie am plätschernden Brunnen saß und ihr Spiegelbild betrachtete, während die herrlichsten Blüten ihr zartes Gesicht umrankten. Als die Sonne bereits am Versinken war, fielen ihre Strahlen auf die Sprühtropfen des Brunnens. Dabei bildete sich ein kleiner Regenbogen, und die Prinzessin sah darin wiederum das Gesicht des geliebten Prinzen. Aber es lächelte nicht mehr, und seine Augen waren überschattet von grenzenloser Traurigkeit.

Die Prinzessin erschrak zutiefst. Ihr Herz wurde von großem Kummer erfüllt, und in ihren Augen schwammen Tränen. Schnell verließ sie den Zaubergarten. In diesem Moment ging die Sonne unter.

Die gute Fee aus dem Reich der Fabelwesen wollte sich gerade zur Ruhe begeben und atmete noch einmal tief in der klaren Abendluft. Da sah sie die

Prinzessin und den Prinzen, die sich vor Liebe zueinander verzehrten, doch nicht zusammenfinden konnten, denn der Regenbogen war mit der untergehenden Sonne verblasst und die Pforte zum Schloss wieder fest verriegelt.

Die gute Fee hatte ein langes Tagewerk vollbracht, ihre Hilfe war überall nötig, um Menschen, Tiere und Pflanzen zu beschützen. Wie sie jedoch dem Prinzen und der Prinzessin helfen konnte, vermochte sie nicht zu sagen. Die gute Fee aber war mit den Erd- und Luftgeistern befreundet, die jeweils in ihrem Bereich Gutes bewirkten; bei ihnen versuchte sie Hilfe zu finden.

Inzwischen stand der Prinz traurig an der verriegelten Pforte des Regenbogenschlosses und sah in die sternenlose Nacht. Noch niemals zuvor war ihm das Leben so schwer erschienen, denn ohne die Prinzessin seiner Träume sah die Zukunft traurig und leer für ihn aus.

Der Mond hatte inzwischen das Firmament erhellt, und es begann leicht zu regnen. Plötzlich bildete sich ein zarter Regenbogen im silbernen Mondlicht. In diesem Augenblick öffnete sich die Pforte - und die Prinzessin stand davor. Unendliche Liebe sprach aus ihren Augen, als sie dem Prinzen gegenüber stand.

Das edle Antlitz des Prinzen drückte Erstaunen aus. Langsam wich es einem seligen Lächeln, und bevor der Regenbogen verblasste und die Pforte sich wieder schloss, trug der Prinz seine Prinzessin über die Schwelle.

STERNSCHNUPPEN

Glasklar zeichneten sich die Sterne am nächtlichen Himmel ab. Kalt und milchig weiß flackerten sie in weiter Ferne. Auf einem Stern hatten es sich ein paar Sternschnuppen bequem gemacht und unterhielten sich. "Heute Nacht werden wir nicht fort müssen", meinten sie, "bei dieser Kälte jagt man nicht einmal einen Hund auf die Straße."

Die Sternschnuppen waren auf Abruf eingesetzt. Jede einzelne trug die Erfüllung eines individuellen Wunsches in sich. Wenn ein Mensch auf Erden diesen Wunsch äußerte, musste die Sternschnuppe springen - kopfüber in das Weltall. Nicht alle Sternschnuppen kamen zurück; bei der Erfüllung diffiziler Wünsche war schon manche verglüht oder zerbrochen.

Für die "normalen" Wünsche standen mehrere Sternschnuppen gleichzeitig zur Verfügung, zum Beispiel wenn sich auf Erden Liebende ein Rendezvous ersehnten. Das kam ja in einer Nacht häufiger vor. Für Wunscherfüllungen solcher Art gab es genügend Anwärter. Allerdings galt als unumstößliches Gesetz: Ein geäußerter Wunsch ließ sich nur dann erfüllen, wenn er bereits vorher erdacht war und auf eine Sternschnuppe übertragen werden konnte.

Aufgeschlüsselt in besondere Kategorien (üblich, ausgefallen, schwierig, gefährlich etc.) wurden sie denjenigen Sternschnuppen zugeteilt, die bereit waren, die jeweiligen Wünsche zu übernehmen.

Gerade wünschte sich auf Erden ein kleiner Junge eine elektrische Eisenbahn. Der Computer reagierte sofort, und die entsprechende Sternschnuppe sprang. Der Junge sah sie am Himmel aufleuchten, während er aus dem Fenster schaute. Bald darauf bekam er seine Eisenbahn. Auch der Wunsch nach einer Puppe für das kleine Mädchen in seiner Nachbarschaft ging auf ähnliche Weise in Erfüllung

Eine Sternschnuppe hielt sich abseits und sprang nicht mit den anderen. Sie sah kalt aus und hart. Diese Sternschnuppe wollte negative Wünsche erfüllen. Es war ihre freie Entscheidung. Nur wenige Sternschnuppen entschlossen sich zu negativer Wunscherfüllung. Das war auch gut so.

Ein Mann und eine Frau gingen miteinander auf der Straße und stritten sich heftig. Einmal hatten sie sich geliebt und gegenseitige Treue versprochen. Doch der Alltag brachte so manche Prüfung. Im Laufe der Zeit hatte sich die Beziehung immer mehr abgekühlt. Enttäuschung und Ärger machten sich breit. Beständig kam es zu Zerwürfnissen, und zuletzt war nichts mehr übriggeblieben als Ablehnung und Hass. Der Mann und die Frau sagten sich böse Worte und wünschten sich gegenseitig den Tod.

Die Sternschnuppe, die abseits saß, machte sich zum Sprung bereit. Mit dem Knopfdruck stürzte sie sich in die Tiefe. Kurz glühte sie auf, bevor sie mit einem hässlichen Knall in tausend Stücke zerbarst.

In diesem Moment brach ein Krieg aus.

DER STERN IN DER WURZEL

In einem Garten nahe der großen Stadt wuchs ein stattlicher Nadelbaum. In seiner Wurzel barg er eine Kostbarkeit, nämlich einen winzigen Stern. Von dessen Existenz hatte kein Lebewesen Kenntnis, nur der Baum wusste um dieses Geheimnis und hütete seinen Schatz schon seit langer Zeit.

Selbst wenn ein mächtiger Sturm den Baum zu fällen versuchte und er der Gewalt des Windes fast nicht mehr standhalten konnte, dachte er an das Kleinod in seiner Wurzel, und das gab ihm die Kraft, dem Widerstand zu leisten.

Der kleine Stern fühlte sich wohl und geborgen. Es war seine Aufgabe, seine Strahlen in alle Richtungen des Lebens auszusenden. Das tat er auch eifrig und unbeirrbar. Menschen und Tiere besuchten gerne den Baum, denn eine eigenartige, gute Kraft ging von diesem Platze aus.

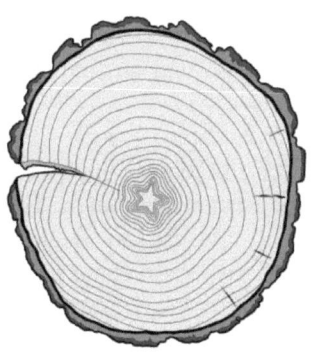

Doch eines Tages drang zu dem Stern in der Wurzel tief unter der Erde die Kunde von anderen Sternen, die weit entfernt leuchteten. Erst wollte er gar nicht glauben, dass es außer ihm noch andere Sterne geben sollte, deshalb fragte er den Baum um Auskunft. O ja, der Baum wusste Bescheid, er konnte mit seinem Wipfel nachts das Sternenlicht auffangen, wenn es silbern in seine Zweige fiel.

Da erfasste den kleinen Wurzelstern eine seltsame Sehnsucht, und eine Erinnerung tauchte in ihm auf an Weiten, die er manchmal im Traum gesehen hatte. Es wurde ihm plötzlich zu eng in seiner Wurzel. Er drängte hinaus und hinauf in die Krone des Baumes, um das Licht der Sterne mit eigenen Augen zu schauen und die Sterne selbst zu sehen, die es irgendwo außerhalb seiner Wurzel gab

Als der kleine Wurzelstern das dunkelblaue Firmament mit den unzähligen Sternen erblickte und sich in ihrem Glanz badete, wurde ihm schwindelig und trunken vor Glück, so dass er sicher aus dem Wipfel des Baumes gefallen wäre, wenn dieser nicht aufgepasst hätte. Aber der Baum hielt seine Zweige fest zusammen, denn der kleine Stern war doch das Liebste, was er besaß, und das musste er hüten - um alles in der Welt.

Der kleine Wurzelstern jedoch verließ den Baum und schwang sich in Höhen, die er sich nicht einmal im Traum hätte ausmalen können. Der Baum unter ihm rief ihm nach und bat und flehte, er möge doch bei ihm bleiben. Er streckte seine Äste nach ihm aus und weinte viele Tränen. Aber der kleine Wurzelstern hörte ihn gar nicht mehr, so schnell und weit war er schon emporgestiegen. Jetzt konnte er sich nicht mehr vorstellen, wie er es so lange in seiner Wurzel unter der Erde ausgehalten hatte, wo nur sein eigenes Licht die Umgebung erhellte.

Der kleine Wurzelstern erreichte den Mond und badete in der Sandwüste, die er dort vorfand. Sonst war da nichts. Deshalb zog er weiter. Später bezauberte ihn der strahlende Glanz des *Merkur*, der eilig um die *Sonne* kreiste

Lange betrachtete der kleine Wurzelstern die leuchtende Schönheit der *Venus,* bevor er sich dem rötlich scheinenden Mars zuwandte und in den tiefen Kanälen spazieren ging, die sich an dessen Oberfläche gebildet hatten.

Fassungslos bestaunte er die rotbraunen Streifen des riesigen *Jupite*r, den viele *Monde* umkreisten. Auch *Saturn* sah faszinierend aus mit seinen gewaltigen Ringen aus Staub und Eis, die ihn umkreisten. In einsamer Ferne zog der grünlich leuchtende Planet *Uranus* langsam seine Runden, wobei kaum ein Wechsel zwischen Tag und Nacht zu erkennen war. Fünfzehn Monde begleiteten ihn.

Neptun wollte den kleinen Wurzelstern zu einer Umlaufbahn um die *Sonne* einladen. Da dies aber ungefähr 164 Erdenjahre gedauert hätte, lehnte er das Angebot dankend ab und wandte sich *Pluto* zu. Dieser Planet aber war so weit von der *Sonne* entfernt, dass der kleine Wurzelstern fror. Da war es ja in seiner Wurzel bedeutend gemütlicher gewesen!

So überlegte er, ob er vielleicht noch die *Sonne* besuchen sollte. Doch da wiederum wäre es sicher zu heiß gewesen. Deshalb verließ er unser *Sonnen-system*. Denn er suchte den Ort, an dem er glücklich sein konnte und die Erfüllung erreichen, die er in seiner Wurzel nicht gefunden hatte.

Lange war er unterwegs, seine Reise führte durch endlose Weiten. Manchmal dachte er mit Wehmut an den Baum, der ihm Schutz geboten hatte und seine Heimat bedeutete. Jetzt war er heimatlos, lediglich "auf dem Weg". Doch es gab kein Zurück.

Er hatte schon zahlreiche Galaxien erreicht, viele Sterne erwandert, war durch Spiralnebel und Sternkugelhaufen gezogen und auf weiten Milchstraßen gegangen - irgendwo musste es doch ein Ende geben, ein Ziel!

Als er schließlich etwas ratlos auf einem erloschenen Vulkan stand, gesellte sich ein Engel zu ihm und sagte: "Du suchst das Zentrum? Ich könnte es dir zeigen. Willst du mir folgen?" "Das will ich gern", antwortete der kleine Wurzelstern.

Der Engel führte ihn an einen Platz, unter dem sich eine unendliche Wüstenlandschaft dehnte, die nur unterbrochen wurde von einigen grünen, weit auseinanderliegenden Oasen. "Breite dich aus", bat der Engel den Wurzelstern, "und zeige drei Königen den Weg zu einem Stall, in dem ein noch größerer König geboren werden wird. Sie finden den Weg nicht ohne deine Hilfe".

Er deutete auf eine Hütte in einem Land, das fern der Wüste lag. "Über dem Stall bleibe stehen, denn dort werden die Könige finden, was sie suchen, und auch du wirst am Ziel sein." Der Engel nickte dem Stern zu und ließ ihn allein.

Der kleine Wurzelstern dehnte und streckte sich, er wurde größer und größer, und zuletzt zog er sogar noch einen Lichtschweif hinter sich her. Unter ihm auf der Erde sah er drei prächtig gekleidete Könige prüfend zum Himmel blicken und bemerkte das freudige Lächeln in ihren Gesichtern, als sie seiner ansichtig wurden und ihm zuwinkten.

Sie bestiegen ihre mit Schätzen beladenen Kamele. Diener und Dienerinnen machten sich bereit, führten Elefanten herbei und brachten einen Baldachin, der sie tagsüber vor der großen Hitze schützen sollte.

Ein dunkelhäutiger König sah besonders stattlich aus. Er war gut zu erkennen, da er sich deutlich vom hellen Wüstensand abhob. Ungläubig sah der kleine Wurzelstern, der jetzt so groß geworden war, auf diese Szene, denn sie kam ihm reichlich fremdartig vor.

Der Stern war so lange im Weltall herumgeirrt, dass er sich gerne dem Tempo der langsamen Reisegesellschaft anpasste, als sich der Zug in Bewegung setzte. Auch musste er sich erst an seine neuen Ausmaße gewöhnen und hatte alle Not mit dem langen Schweif, den er noch nicht so recht unter Kontrolle bringen konnte. Mit den Königen hingegen verstand er sich prächtig. Es kam ihm vor, als ob er sie schon lange kennen würde und nur auf die Gelegenheit gewartet hätte, sie begleiten zu dürfen.

Die Könige reisten schnurgerade durch die Wüste, was ja an sich sehr gefährlich ist, aber der kleine Wurzelstern führte sie und nahm seine Aufgabe als Komet sehr ernst.

Langsam kamen sie in bewohntere Gegenden und erreichten endlich Bethlehem.

Natürlich bemerkte der Stern die Hütte schon von weitem und hielt genau über ihr an. Zuerst gab er noch acht, dass die Könige den richtigen Stall fanden. Aber dann sah er durch eine Dachluke in die Hütte hinein und dort in einer Krippe ein Kind liegen, in dessen Augen sich das weite All spiegelte. Alle Sterne, die er besuchte, alle Welten, die er durchwandert hatte, ja das ganze Universum, sah er in diesen Augen.

Der kleine Wurzelstern vergaß in diesem Augenblick alles andere, auch sich selbst. Erst als in der Hütte ein Esel schrie und ein Mann das Tor öffnete, um die drei Könige einzulassen, wurde es ihm bewusst, dass er als kleiner Stern in einer Wurzel begonnen hatte und jetzt als großer Komet über dem Stall des neugeborenen Königs stand.

Die Reisegesellschaft hatte sich vor der Hütte versammelt. Kamele und Elefanten ruhten von den Anstrengungen der langen Wanderschaft. Diener schleppten große Gefäße mit Wasser herbei, und Dienerinnen brachten Nahrung für Menschen und Tiere. Drinnen im Stall knieten die drei Könige vor dem Kind in der Krippe und brachten ihm Geschenke dar.

Lange sah der kleine Wurzelstern in die Augen dieses Kindes und vergaß dabei Zeit und Raum. Als die drei Könige schließlich wieder heimwärts zogen und sich Maria und Josef mit dem Kind auf dem Weg nach Ägypten befanden, hatte der Stern seine Aufgabe erfüllt. Plötzlich bekam er Heimweh nach der Wurzel, die sein Zuhause war. Er konnte es fast nicht mehr erwarten, den Baum wiederzusehen, und sein Herz war erfüllt von dem Wunsch, dem alten Gefährten alle Erlebnisse zu erzählen, denn es ist so schön, seine Freude teilen zu können.

Es wurde aber auch höchste Zeit, weil der Baum vor Sehnsucht sehr krank geworden war und viele seiner Nadeln verloren hatte. Er freute sich so sehr über das Wiedersehen, dass er neue Triebe bekam, als wäre es schon Frühling. Aufmerksam lauschte er den Erzählungen des kleinen Wurzelsterns, den er immer beschützt hatte und der dann weit über den Baum und seine eigene Begrenzung hinausgewachsen war.

Noch so manches Mal verlässt der Stern seine Wurzel und den Baum, um hinaufzusteigen durch die samtene Dunkelheit des Firmaments in klare, lichte Höhen und sich zu verbinden mit dem Kind in der Krippe. Denn in seinen Augen spiegelt sich das All, und seine Liebe kennt keine Grenzen. Mit seinem Glanz möchte der Stern diese Liebe sichtbar machen - in jeder Heiligen Nacht.

MONDGEFLÜSTER

Zwei kleine Geister saßen nachts in einem Kirschbaum und flüsterten miteinander im Vollmondschein. Das war ein Raunen und Wispern und Tuscheln, ganz fein und zart. So zart, dass die Leute die vorübergingen dachten, der Wind würde in den Blättern säuseln.

"Sieh mal", sagte der eine Geist zum anderen, "wie silbern heute der Mond leuchtet. Glaubst du, er würde uns ein wenig von seinem Silber abgeben?" "Ich weiß es nicht", antwortete der andere, "wir könnten ihn ja einmal fragen".

So unterhielten sie sich, und der Mond hörte zu. Er schickte einen silbernen Strahl in den Kirschbaum, dass er aufleuchtete, als würde er blühen, obwohl seine Äste bereits voll reifer Kirschen hingen.

"Schau nur, schau"! staunten die beiden Geister einstimmig und griffen mit ihren Händen nach dem Silber. Das Silber aber war schwer, und die kleinen Geister purzelten mit ihrer Last durch das Geäst. Der Mond musste lachen. "Nun seht nur, wie ihr damit fertig werdet", rief er ihnen zu, bevor er kurzzeitig hinter einer dicken Wolke verschwand.

Die kleinen Geister hatten sich schließlich wieder gefangen und saßen fröhlich auf einem wippenden Ast. Sie berieten miteinander, was sie denn nun mit dem Mondsilber anfangen könnten. Hin und her überlegten sie, dieses und jenes, kamen aber zu keinem rechten Entschluss.

Mittlerweile war ein junges Pärchen den Gartenweg entlanggekommen und blieb unter dem Kirschbaum stehen. Das Mädchen hatte Tränen in den Augen, und auch der junge Mann schien sehr traurig zu sein. Sie hielten sich an den Händen, aber sprachen kein Wort und sahen sich auch nicht an. Die kleinen Geister zwinkerten einander zu, als wollten sie sagen: "Da müssen wir wohl eingreifen, denn so viel Kummer auf einmal kann man ja gar nicht ansehen".

Und so spitzte der eine kleine Geist seine Lippen und raunte leise: "Ich hab dich lieb". Der junge Mann und das Mädchen sahen sich daraufhin zärtlich an. Nun wisperte der andere Geist:" Willst du bei mir bleiben?" Da nahm der junge Mann das Mädchen in seine Arme und beide flüsterten gleichzeitig: "Ja".

In diesem Augenblick fielen zwei silberne Kugeln neben sie ins Gras und leuchteten hell auf wie der

Mond, der inzwischen wieder hinter der Wolke hervorgetreten war. Fassungslos vor Staunen bückten sich das Mädchen und der Mann und nahmen die Silberkugeln in die Hand. "Sie sind direkt aus dem Himmel gefallen", sagte der junge Mann und drückte das Mädchen zärtlich an sich.

Die kleinen Geister im Kirschbaum rieben sich vergnügt die Hände. Sie kicherten, aber so leise, dass es sonst niemand hören konnte.

Und oben am Himmel stand lächelnd der silberne Mond. "So ein Mondgeflüster", amüsierte er sich, bevor er auf seiner Bahn weiterzog.

Jutta Fellner-Pickl
Von Sternenlicht bis Mondgeflüster

Jutta Fellner-Pickl, geboren im Mai 1939, ist gelernte Großhandelskauffrau.

Schon in jungen Jahren schrieb sie gerne Gedichte.

Parallel zu ihrer Berufstätigkeit war sie Mutter und Hausfrau, und hat fast 20 Jahre in der Familie gepflegt.

Richtig zum Schreiben kam sie während einer schweren Krankheit. In dieser Zeit brachte sie anfangs in bedrückenden Gedichten ihre schwierige Lebenssituation zum Ausdruck.

Weiterhin verfasste sie Erzählungen, Märchen und Glossen.

Besonders bekannt sind ihre Weihnachtsgeschichten aus dem Büchlein
„**Warum der Engel lachen musste**", die in Büchern, Zeitschriften und Kalendern publiziert wurden.

Veröffentlichungen:
„**Warum der Engel lachen musste**"
„**Das Wunder der Weihnacht**"

Jutta Fellner-Pickl lebt am Chiemsee. Sie geht in die Berge, schwimmt im See, besucht Senioren in Heimen, und liebt ihren Garten. Sie ist sehr beschäftigt, liest unwahrscheinlich gerne, und zum Entspannen schaut sie Krimis.